SENRYU Collection RASHI

裸心

やち悦子川柳句集

Yachi Etsuko

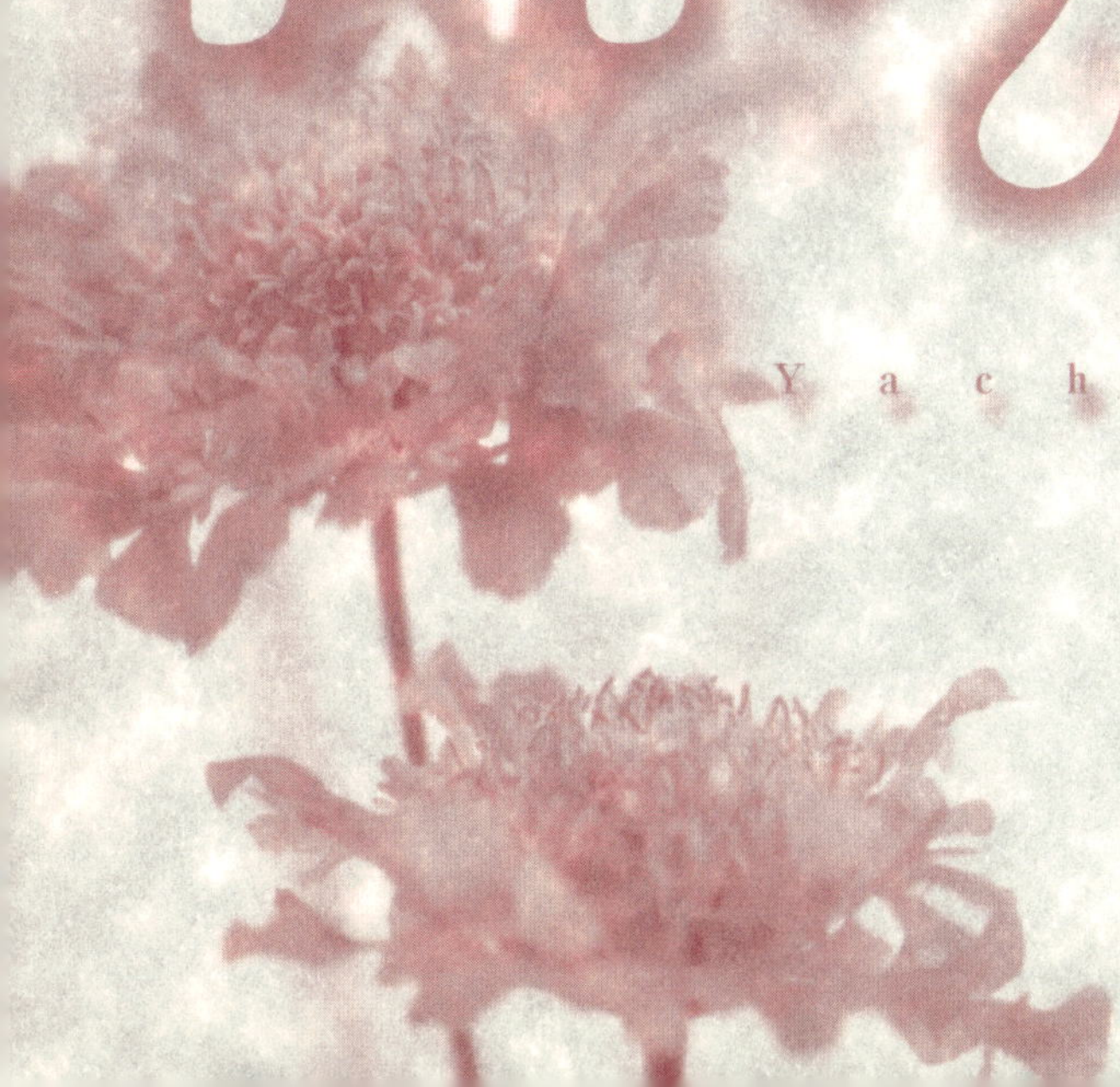

第６回川柳マガジン文学賞大賞受賞作より
書：著者

笑紋

（第六回川柳マガジン文学賞大賞受賞作品）

よこしまな心を笑う白いシャツ
勝ち誇る笑みへ風雨の横殴り

懺悔した鬼が成仏して笑う
強がって笑い崩れた冬のバラ

向日葵の催促されるまま笑う

満月や笑うばかりの頼りなさ

思い出し笑いか古時計が鳴る

素っぴんの笑顔木綿の肌ざわり

大笑い心が濁らないように
つつましく笑い名も無い花でいる

川柳句集

裸　心

こころの風

四

十八歳の春、私は胃癌の宣告を受けた。
もしかしたらの覚悟も少しはあったのだが、それでも事実を言い渡された瞬間、体は直立不動に固まり、言葉も失っていた。

それを告げる医者の言葉は遠のいて、私の耳には、未来へ続くすべての道を閉ざすようにしてガシャンガシャンと激しく落ちてくる鎧戸のような音だけが鳴り響いていた。光の無い部屋に一人閉じ込められ、死神がひたひたと首を締めに来るような恐怖を感じた。

知らず知らず医師の白衣の裾を、すがる思いで握りしめていた記憶が鮮明に残っている。

その後、様々な葛藤を経て、多くの人々に支えられ、私は無事退院することが出来た。

再び巡ってきた春。

すっかり出不精になった私を、主人は半ば強引に花見へと連れ出した。車から降りたとたん目の中へ飛び込んできたのは誘い込むように揺れるピンクの大波。

それらは毎年見てきた景色となんら変わりがないはずなの

に、何故か去年までのものとは全く違う光景に感じられた。

風に舞う花びらは殊更やさしく私を包み込むようであり、仰ぎ見る桜は、青空を背に気高く凜と咲き誇り、光り輝いてみえた。

それはまるで、しぼみそうな私の心に、生気を蘇らせ、エネルギーを吹き込んでくるようであった。

降り注ぐオーラを全身に浸みこませたいと、花の下、何度も何度も行ったり来たりした。

少しずつ何かが吹っ切れてゆくようであった。吹っ切れながら、生への思いがコトコト鼓動する手ごたえも感じ始めた。そして、その鼓動は桜のからのエールをしっかり受け止めながら、ゆっくり、大きく、力強く、波打ち出したのである。


かの日の光景と不思議な感覚は、今でも良く思い出す。

思い出す度に、あれはきっと、桜の中にたたずむ花の精が、私の中へ「生きる風」を吹き込んでくれた瞬間だったに違いない、と固く信じているのだ。

春爛漫プラス思考に包まれる
引出しを開ければ咲いたまま桜
思い出が美しすぎた春朧

臆病でしがみついてる固蕾

優しさに触れて蕾の開く音

春うらら爪の先まで眠くなる

いい夢へ少し寝過ぎたかも知れぬ
燃え上がる気はさらさらに無いピンク
華やかな過去ふりすてて花吹雪

華やかに舞って着地を見失う
花も葉も良しそれぞれにある見ごろ
手を振ってふって羽ばたく鳥となる

自尊心しろいページは白いまま

純白の和紙は昨日を語らない

どん底で涼しい顔をして笑う

不協和音出ても引いても擦れ違う
束ねられ私の色が消えてゆく
一言を呑み込むための深呼吸

傷口を広げただけの自己弁護
まだ懲りてないねと傷口が笑う
削除キー独り遊びが上手くなる

男傘雨も嵐も受けて立つ
決断の度に孤独な酒となる
言い訳はしない男の破れ傘

ポケットに火を噴くペンを持ち歩く

物を言う鉛筆丁寧に削る

替え芯も無く鉛筆の潔さ

ライバルを褒めてピクピク動く眉

形式の乾杯ですか紙コップ

バンザイの手が高々と上がらない

未練だな貴方の街の地図を買う
赤いバラあなた一人を視野に置く
一途さをあざ笑うなよカメレオン

君の目の高さへ愛を積み上げる
思い出のころころラムネ瓶の中
花摘みへもう花束は来ないから

冬のバラ枯れる頷く形して
隅っこで真紅の薔薇が拗ねている
薔薇一本ないものねだりして枯れる

後悔をすれば明日が掴めない
わらべうた汚れた耳に届かない
優しさを忘れた指がささくれる

指鉄砲まっ赤な嘘を撃ち落とす

嘘つきなあなたを二重線で消す

嘘つきにならないための黙秘権

正直なしっぽがいつも傷だらけ
さそり座の私のシッポ踏みますか
大胆な啖呵切るから返り討ち

切り捨てが好き我が儘な計算機
信号無視棘ある言葉走り出す
一言で木端微塵になる絆

忠告にジャックナイフが埋めてある
棘のある言葉あなたも痛かろう
嘘を積む顔が三角形になる

強がってみても寂しい影法師
とんがって拗ねて寂しさ重ね着る
自画像が以下同文で色褪せる

自己暗示赤いハートが回りだす
ミラーボール私の影が踊りだす
自画像に赤継ぎ足して飛ぶつもり

コンビニで羽根を休めるはぐれ鳥
揺れる世の掴みきれない裏表
無差別にかけた情けに裁かれる

アメリカに抱きしめられてから無言

逆らって二倍返しの刑にあう

乱れ飛ぶ造語へ焦る広辞苑

鉛筆の先で小さく振る反旗

届かない矢でも撃ちたい時がある

紙コップ潰すぐらいの憂さ晴らし

マリオネット恩が絡んで動けない
ケンケンパー恩のある影踏みません
ややこしい話前後に深呼吸

通過駅時の流れに逆らわず
黄信号次のチャンスを待つ時間
距離間を確かめながら蛇行中

叩かれて不屈の毬がよく弾む

点線を直線に変え自己主張

疑問符を指が勝手に削除する

現実を逃れたい日の美術館

肩の凝りモーツァルトが揉みに来る

ドクターと世間話をして帰る

優しさがすり切れそうで一休み
ヤジロべーもしもしどっちの味方なの
陽炎のゆらり騙されそうになる

売り言葉プリンを崩しながら聞く

ちぐはぐな愛へパズルが埋まらない

受話器置くこの虚しさは何だろう

字足らずで愛も情けも擦れ違う
蜘蛛の糸宙ぶらりんの愛を下げ
忍耐の限度で削除キーを押す

一瞬の勝利に酔ったシャボン玉

空腹の形で風船が萎む

北風へ抱き人形が離せない

生き様を本気で責めに来る寒波
頂上で風の痛さを知り尽くす
降り立った駅で再起の風を待つ

こころの海

父の実家は奥能登の鄙びた漁村にあり、私は幼い頃、夏休みの度に遊びに行った。

その家は、庭のすぐ下まで海がきていて、風の強い日などは二メートル近い段差を飛び越えて、波しぶきが庭の中まで入って来ることもあった。そこでの私の日課と言えば、海からせり上がるように積んである石垣に腰かけて、足をブラブラさせながら、寄せては返す波や、波のリズムに合わせて揺れる藻を見ているだけの事だったが、一日中そうしていても不思議に退屈することは無かった。

夜は真っ暗な海に点在する光がきれいだった。イカ釣り船の明かりだと祖父が教えてくれた。

漁が無い日の夜の海は膨大な闇と化し、波音だけが暗がりから聞こえてくるのだが、囁くように繰り返される単調なその調べは、まるでわらべ唄でも聞いているようで、耳に心地よかった。

そんな日々が記憶から遠いてしばらく経った頃、父の転勤で私は海辺の町に住むことになった。忘れていた海への郷愁が蘇るのに時間はかからなかった。

新しく通い始めた高校の教室の窓からは、パノラマ大に広がる海が見え、日によってはその向こうにくっきりと、立山が見えた。

晴れた日の海は、雄々しくゆったりと、すべてを受け止めてくれる寛容さがあり、曇天の日の海は、黙々と荒れ、人を近付けない厳しさがあった。一日として同じ表情の海は無く、一期一会の瞬間を見逃すわけにはいかないと、毎日、黒板より海を眺めていたものだ。

そのせいか、四十年以上経った今でも、いろんな顔をした海の姿が、なつかしく私の心の中に住み着いている。

そして、オアシスが欲しくなったとき、叱咤激励の道標が欲しくなったとき、憩いを求めて答えを求めて、私は懐深く抱くこの海に、潜り込んでゆくのである。

巻き戻す記憶の底に光る海
涙ポトリぽとり優しい海になる
猜疑心海の青さに透き通る

勝ち負けの話はしない深海魚

敗北を認めた日から消えた渦

さざ波のやがては消えて行くしこり

手のひらに掬えば逃げる海の青

春の海ほつりほつりと子守唄

優しさに溺れてみたい春の海

半月を浮かべて海の片想い
告白しそう月の光に誘われて
満月を零さぬように目をつぶる

虫の良い話へ海が狂いそう

バカヤローばかりが溜まる胸の底

海だって狂いたい日もある怒涛

歯ぎしりをしながら水が濁り出す

荒れ狂う海よ孤独が辛いのか

崖からの目線で海は愛せない

合掌の数珠へ連なる千の罪
一言の感謝に千の苦も消える
弥陀の手の中で迷いもなく踊る

意地悪な言葉なむ南無ナムと消す
引き潮のひとり静かに過去を消す
合掌の形に愛を包み込む

何もかも許して崩れ出す楷書

平仮名で書けば薄れてゆく怒り

春の海箍をはずした草書体

自画自賛それから川が流れない
自己否定しながら月が欠けてゆく
躓いて祈りばかりが深くなる

疑った愛が指先から逃げる
月おぼろあなたの意図が見抜けない
鉤裂きの愛繕っている未練

騙されたふりであなたと泥の舟
心地良い重さで君に漬けられる
分水嶺愛の定めに逆らわず

考えの甘さを見抜く冬の月

保護色を纏って試行錯誤中

大欠伸せいいいっぱいの拒否なのか

古時計律儀に生きる音がする
恍惚の時計きのうを放さない
古時計ネジを巻く手も傷だらけ

追憶へ時計の針が進まない
見送りのテープ気がかり引き摺って
返す波振り向くこともしないのか

未練など連れてこないで土用波

チクタクと一秒ごとに消す未練

張り裂ける思いへ青い空を貼る

これ以上言えば戻れぬ川となる
春の海ユラリしがらみ解き放つ
砂時計さらさら過去が風化する

生き様を受け身に変えてから朧

ため息のポカンポカンと雲になる

蜃気楼消えてガラスの靴を脱ぐ

戦いに敗れてしばし消す指紋

じりじりと満ち潮を待つ難破船

帰る港なくて花火の潔さ

一瞬の喝采に酔う夏の海

虚も実も抱いて無口な秋の海

呑み込んだ言葉がうねる冬の海

暗闇の中で五感を研ぎ澄ます
明王に後ろ頭を小突かれる
煩悩の追って追われて回遊魚

こころの大地

家

庭菜園を始めてから、二十年あまりの月日が経つ。荒地にして置くわけにもいかない、という受け身的事情で始めたのだが、やり始めてみれば、緑に囲まれた地で土と向かい合っての作業は、私達夫婦にとって程よい運動と気分転換になり、思いがけない楽しみとなった。

一年目、にわか農夫とその助手は張り切っていろんな苗を植えたのだが、収穫はゼロだった。苗が次々と枯れ始めたのだ。

自宅から菜園まではかなりの距離があり、通えるのは週末のみ。これでは水が足りないかと、通う回数を増やしてせっせと水やりをしたのだがそれでも上手くは育たなかった。

ベテラン農夫にこの話をしたところ、苗を甘やかし過ぎたのだという。特にトマトなどは放っておけば、自らが渇水に耐えることを覚えて野生に目覚め、強く育つのだそうだ。植物に自我があるのかと驚いたが、言われた通り育てた翌年のトマトはたわわに実り、市販のものよりはるかに濃く引き締まった甘さがあった。

〝手の出し過ぎは自らが持つ力を剝ぎとることにもなりかねない〟

自身の子育てを戒められる気がした。

又、自然の営みの偉大さをあらためて思い知る出来事もあった。

その年は、畑へ通えない事情が急に出来て、せっかく育ち始めた大根を畑へ放置したまま、冬を越し、春を迎えてしまったのである。腐って無残な姿を曝しているであろう大根畑を早くかたづけなければと、鍬を携え数カ月ぶりに畑へ向かった私達を待ちうけていたのは、思いもかけない光景だった。

荒れ果てていると思った畑一面には、まっ白い花が咲き乱れ、そこはみごとなお花畑と化していたのである。

「種の保存」という植物の使命感が大地にしっかりと根づいているようであった。自然とは何と健気で複雑で楽しいものなのか。涙が止まらなかった。


無精者の私は気まぐれに土と戯れているだけなのだが、大地はそんな私にでも、思いがけない感動と多くの知恵を授けてくれる。そのおおらかなこころに我儘を言いながら、私の土遊びはまだまだ続きそうだ。

居残って咲く大根の花の白

無農薬ヒト科を守り抜く砦

喜怒哀楽うめてせっせと肥作り

顔を出す芽へ日当たりの運不運

おひさまの弱音を聞いたことがない

豆の蔓ふらふら明日が掴めない

花の庭いつも心の隅に置く

寂しさの隙間すきまへ花の種

褒めながら育てた花が良く笑う

ちっぽけな事と千年樹が笑う
木の命宿すこけしの息づかい
ひとつずつ許して森へ辿り着く

駆け引きもせず匂い立つ黄水仙

ひまわりの律儀そろって首を垂れ

戯言を受けて流しておじぎ草

鬼薊しっぺ返しはお手のもの

ねちねちは性に合わない鳳仙花

火の章を忘れられない曼殊沙華

ヒロインのページ静かに閉じて主婦
職業欄に消え入るように主婦と書く
おばさんと呼ばれ闘志が湧き上がる

母鳥の威嚇わが身を捨てている
注がれた愛を温めて子へ注ぐ
ボディブロー母の小言はあとで効く

初孫へ甘いばかりの匙加減

孫自慢子自慢きみの影が無い

世の移り野原を駆ける子等も無く

猪を放し飼いする広い胸
猪のワタシを豚にした手綱
誉められる度に女は若返る

押しつけの愛かも知れぬペアカップ

苦も楽も分け合ってきた飯茶碗

同じ夢 抱いて歩いてゆく花野

陣太鼓打てば一つになる家族

どの柱欠けても家が軋みそう

人生の節目節目へ祝い酒

横一線に並ぶ気はない蟻の列

亀の足都会のリズムには乗れぬ

大物の視野にないのか蟻の汗

主義も無くすぐに頷き返す首

妥協してスタミナの無い思考力

妥協案入れる扉は半開き

ゆるがない壁に凭れて依存症

存在感ふわふわ昼の月に似て

支えあう角度で人の字が崩れ

無視されているなペダルが空回り

荷の軽さ存在感の薄さかも

寝た振りで凌ぐ孤独な昼の月

アメーバ三角に添い丸に添い

会釈からお辞儀へ首の処世術

体制を見極めている最後尾

一言の重さを知っている無言

意地くらべ奈落の底の無言劇

真相を吐き出すチューブ絞り切る

落書きの中で遊んでいる不満

入口の数だけ出口ない焦り

物差しの長さで変わる満足度

甘言に乗って野心が跳ねたがる
跳ねすぎた手毬列へは戻れない
還る色忘れてカメレオンの悲鳴

チャンスだと人の事なら良く分かる
軽く手を上げてチャンスが去って行く
豪快に笑ってチャンス呼び寄せる

見てみない振りが得意な喉ぼとけ

距離置いて痒いところは掻かぬ主義

ポロリ出た本音余震がきっと来る

直角に曲がった釘の挫折感
角ばった心の隅に自負がある
したたかに笑って座る針の山

ふん別の所どころが錆びている
善悪を諭す折り目が消えている
今声を上げねば崩れそうモラル

核心を突かれて黙る机上論
沈黙を通し続けている答
沈黙の長さは傷の深さかも

価値観の違いへレモン噛み砕く

以下余白口に出してはならぬ事

反論を沈めて風呂の栓を抜く

葡萄棚たわわ酸っぱい過去も吊り

青春の何処を切ってもビートルズ

脱皮してやはり歪なままワタシ

陽に晒す少し汚れてきた指紋

携帯オフ雲に浮かべる現住所

声色を使い分けして生き延びる

ちぎれ雲神に委ねた運なのか
恨みっこなし神様のくれた運
避けられぬ運とがっぷり四つに組む

重心を低く定めて和を拾う
暴風雨山は姿勢を崩さない
思慮深い山は眠った振りをする

あとがき

川柳マガジン文学賞の副賞が「川柳句集刊行」であることは勿論知っての応募でした。ただ、大賞は私には無縁である！　という百％に近い確信の下、副賞のことは気にも留めず、第三回目から気楽にチャレンジしていました。願わくばいつの日か、お一人の選者の方にでも選んでいただければ・・というのが目標でありました。

そんな私が大賞を受賞したのです。

喜び以上に、賞の重みと、句集刊行の現実が肩にのしかかり、戸惑うばかりでした。

しかも、三百句ほど用意して下さいとの編集者からのＴＥＬ。初めて川柳に触れてから十年近く経っており、本来なら数的に揃っているはずなのですが、自分で書き留めておいたのは百句足らず。愛着ある句だけを書き残し、その都度の投句ノートは捨てていたのです。慌てました。

　幸い、会員になってからの「蟹の目誌」と「金沢中央川柳会プリント」はとってありましたので、それらを一から見直して書き出す作業から始めました。

　当初は谷内悦子の本名そのままを使っておりました。

　ところが初めての大会の授賞式で「タニウチ　エツコ」と間違って呼ばれ、福村今日志・蟹の目主幹から「平仮名のやちにしたら」とのアドバイスを受け今の名前に変えたのです。そんなこと等々、初めは、思い出を辿る楽しい作業でしたが、句を書き貯めてゆくうちに強いためらいが生じてきました。

　読み返してみますと、当然のことながら、句の中にはその時その時の自分の心の在り様が無防備に読み込まれています。普段は人様に自分を語ることの苦手な私が、こんなにまとめて心をさらけ出してしまう！　という現実に、突如、恥ずかしさと苦痛を感じたのです。もちろん抜き出した句の稚拙さも気になりました。

　が、ここでジタバタもできません。一生に一度ぐらい自分の「裸の心」を見ていただく事があっても良いのではないか、と開き直ることにしました。

そうする事で気持ちも随分楽になり、遅まきながら私の中でやっと、いろんな方々のお導きにより頂いた、誉ある賞への喜びと、感謝の念が、実感として沸き上がってきました。

ちょうど還暦という節目での受賞も幸せなことでした。

素晴らしい体験をさせてくださった選者の皆様方、出版社の方々、常にお手本となる姿を見せて啓蒙して下さる川柳の先輩諸氏・お仲間、なるべく一句は自筆でという事情から、新米の私へご指導くださった俳画の先生、落ち込みそうになるといつもエールをくれる友人達、好きな事に理解を示してくれる家族、等々すべての皆みな様へ、言い尽くされぬ程多くの「ありがとうございます」を心より捧げます。

そして、最後のこのページまで読んで下さった皆様方、大切な時間を割いていただいてのお付き合いに深く感謝申し上げます。

きっとまた逢おう輪廻の道すがら　　悦子

二〇〇八年五月

やち 悦子

【著者略歴】
やち悦子（やち・えつこ）

1947年10月　金沢市生まれ
1998年10月　北国新聞文化センター
　　　　　　川柳教室入会
2000年　1月　金沢中央川柳会入会
2001年12月　蟹の目川柳社入会
2005年　1月　蟹の目川柳社同人
2007年11月　「第6回川柳マガジン文学賞」大賞受賞

現住所　〒921-81073 石川県金沢市円光寺2-17-3

川柳句集　裸　心
川柳マガジンコレクション6

○

平成20年9月9日　初版発行
著　者
やち悦子
発行人
松岡恭子
発行所
新葉館出版
大阪市東成区玉津1丁目9-16 4F 〒537-0023
TEL06-4259-3777 FAX06-4259-3888
http://shinyokan.ne.jp/
印刷所
FREE PLAN

○

定価はカバーに表示してあります。

ISBN978-4-86044-350-4